POÉSIES
ANTI-CLÉRICALES

D'EUGÈNE BESSON

Dissiper la crédulité
Dont on abuse le vulgaire,
Pour le bien de l'humanité
C'est la réforme nécessaire.

— · —

Prix : 50 centimes

— · —

EN VENTE CHEZ L'AUTEUR

RUE DES DEUX-AMIS, 11, SAINT-ÉTIENNE (LOIRE)

Franco contre 50 centimes en timbres-poste

——

1880

Y+

POÉSIES
ANTI-CLÉRICALES

D'EUGÈNE BESSON

Dissiper la crédulité
Dont on abuse le vulgaire,
Pour le bien de l'humanité
C'est la réforme nécessaire.

Prix : 50 centimes

EN VENTE CHEZ L'AUTEUR

RUE DES DEUX-AMIS, 11, SAINT-ÉTIENNE (LOIRE)

Franco contre 50 centimes en timbres-poste

—

1880

PRÉFACE

L'auteur de ce petit livre est un homme obscur de la classe ouvrière qui, jusqu'ici, a vécu seul, à l'écart, en rêveur, en contemplateur de la grande scène du monde.

Sa main qui travaille le bois, a aussi parfois saisi la plume dans ses moments perdus, comme pour se reposer ; il a mis ses idées dans quelques vers, il vient les montrer.

C'est un infiniment petit qui se lève au nom de la raison outragée pour faire entendre sa protestation, un vermisseau qui se sent foulé et qui se redresse.

Du reste, il est bon, qu'à cette heure de la revendication, l'ouvrier aussi se mêle à la lutte et vienne apporter sa pierre à la reconstruction de l'édifice social.

Certes, si quelqu'un a le droit d'élever la voix et de protester, c'est assurément le travailleur. C'est bien sur lui que pèse le plus toutes les inepties, toutes les inconséquences de cette religion qui ose se dire catholique ; c'est bien lui qui en est la première victime ; lui qui, jusqu'ici, a dû se contenter pour toute éducation de cet enseignement ténébreux des frères de la doctrine chrétienne, c'est-à-dire, de l'abaissement moral et de la trahison ! Il appartient donc à la société nouvelle qui se prépare de l'éclairer, de lui faire sa part plus large et plus complète de lumière, de le guérir enfin de cette infirmité qu'on appelle la superstition.

Oui, il faut que l'ouvrier apprenne à penser, à réfléchir, à combiner ses idées, à se distraire du travail des bras par celui de l'esprit. Il faut qu'il sorte absolument de cette léthargie profonde où l'on plongé avec tant de fureur tous les gouvernements du cléricalisme. C'est par la lumière et l'affranchissement des classes laborieuses que nous aurons véritablement le progrès.

Croyez-vous que si le peuple avait été instruit au seizième siècle, tous ces pieux égorgements dont nous ont gratifiés les Guise et les Catherine de Médicis auraient eu lieu? Mon Dieu non. Il n'y a que les animaux sauvages et les bêtes brutes qui se déchirent, l'homme civilisé ne cherche qu'à se rendre heureux et à faire du bien à ses semblables.

L'auteur pendant sa jeunesse s'est longuement penché sur les événements glorieux de notre histoire. Il s'est laissé entraîner de la francisque de Clovis à la massue de Charles-Martel, de la massue de Charles-Martel à la lourde épée de Charlemagne ; il a vu Marignan, Louis XIV, les temps héroïques de la République et de Napoléon : son cœur a battu à toutes nos victoires et s'est déchiré à toutes nos défaites ; longtemps il n'a vécu que d'admiration pour Napoléon. Mais aujourd'hui qu'il a mûrement réfléchi, il a compris qu'il y a quelque chose de plus grand que le grand empire de Charlemagne, la Révolution ; quelqu'un de plus grand que Napoléon, Voltaire. Il a aussi compris que Parmentier et Olivier de Serres ont rendu un service plus éminent à la France que tous les Bayards du monde.

Détournons-nous du fer qui tue et mutile le sol ; appliquons-nous davantage à la charrue et à tout ce qui nous nourrit et nous civilise. La France, désormais, ne doit plus être la nation des héros ni des conquérants, elle doit être la nation des hommes sages et des travailleurs.

Montrons aux peuples que la gloire n'est plus ce qui tue, mais ce qui féconde et émancipe ; qu'il y a bien plus de puissance dans un grain de blé que dans une cartouche.

Elevons notre esprit au-dessus des entraves de l'erreur, secouons les vieux préjugés comme une vermine qui nous ronge ; soyons vraiment le grand peuple de la grande patrie, de cette France aux grandes idées, aux généreuses inspirations : nos pères ont proclamé les *Droits de l'homme*, c'est à notre tour de proclamer les droits de la pensée.

Eugène BESSON.

Saint-Etienne, le 14 juillet 1880.

POÉSIES ANTI-CLÉRICALES

A MES VERS

Pauvres vers, je vous plains. Voyons qu'allez-vous faire ?
Vous voulez le grand jour et briller sur la terre,
      Vous fils d'un raboteur ?
Mais, ne savez-vous pas qu'on a plus d'indulgence,
Et qu'il faut du talent, à défaut de naissance,
      Ou bien un protecteur !
Avez-vous bien l'accent qui résonne au Parnasse
Et ce feu qui montait de la coupe d'Horace
      A la voix d'Appollon ?
Savez-vous seulement comment vibre une lyre
Sous les doigts flamboyants d'une muse en délire
      Dans le sacré vallon ?
Et vous allez, enfants, vous montrer par la ville,
Aux regards d'un public savant et difficile
      Qui va rire de vous !
Vous aurez beau vêtir vos effets des dimanches,
Il saura bien trouver la poussière des planches
      Sous vos plis de dessous.
Si du moins votre père, en poussant la varlope,
Recevait cet esprit que donnait Calliope
      Au rimeur de Nevers (1).

(1) Maitre Adam, menuisier, poète de Nevers.

Oh ! sans doute il pourrait, sans un nom authentique,
Vous faire recevoir, malgré la réthorique
   En bien d'endroits divers.
Mais non, il ne sait rien, à peine la grammaire,
Et qu'est-ce qu'aujourd'hui l'instruction primaire ?
   Un savoir dont on rit ;
Il faut savoir tourner des figures sonores,
Allier l'hyperbole avec des métaphores·
   Pour avoir de l'esprit.

Enfin, vous le voulez ; allez braver l'orage,
Tant pis si vous sombrez loin de votre rivage,
   En mauvais matelots ;
L'orgueil vous monte au front, et la mer écumante,
Loin de vous effrayer, vous anime et vous tente ;
   Glissez donc sur les flots !...

UNE SCÈNE D'UN VENDREDI-SAINT

La scène se passe dans la maison d'un libre-penseur, en train de dîner copieusement avec un gigot. Le curé le surprend dans ce travail gastronomique.

LE CURÉ, *entrant intempestivement*

Abomination ! un gigot sur la table !
Pour un vendredi-saint la chose est effroyable !
C'est cracher sur l'autel, sur ce qu'il a de saint,
C'est outrager les morts le jour de la Toussaint.
Quoi, le jour où Jésus sur une croix expire,
Vous mangez de la chair ! c'est souiller son martyre.

LE LIBRE-PENSEUR

Mais, monsieur le curé.....

LE CURÉ

Silence, pas un mot ;
Otez de devant moi ce funeste gigot,
Ou j'appelle sur vous les foudres éternelles,
La puissance de Dieu qui punit les rebelles ;
Je vous excommunie !

LE LIBRE-PENSEUR

Ah ! Monsieur, finissez ;
Pour un morceau de viande en voilà bien assez.
Le mal n'est pas bien grand, car Dieu, je m'imagine,
Se moque assurément des mets de la cuisine,
Qu'est-ce que çà lui fait qu'on fasse maigre ou gras ;
Il ne vient pas sentir l'odeur de nos repas.
On est libre en ceci.

LE CURÉ

Pas possible !... et l'Eglise ?
Et ses commandements ?

LE LIBRE-PENSEUR

S'il faut que je vous dise,
L'Eglise, cher monsieur, aujourd'hui c'est connu ;
Et de s'y conformer l'on en n'est revenu.
Qu'est-ce que votre Eglise ? une intrigue, un commerce
Où ce n'est qu'en payant que le culte s'exerce :
Les prêtres, on le sait, n'en veulent qu'à nos sous
Ce sont des cabaleurs.....

LE CURÉ

Seigneur ! que dites-vous !

LE LIBRE-PENSEUR

Qui nous vendent le ciel, le prône, le baptême,
Et qui, s'ils le pouvaient, nous vendraient Dieu lui-même...

LE CURÉ

Qu'osez-vous dire là !... vous insultez Jésus

Et ses représentants de ses lois revêtus :
Vous blasphémez, monsieur, et sentez l'hérésie,
Mais Dieu vous punira de votre apostasie.
Ah ! pour les Sacrements votre cœur est de fer !
Vous n'avez plus de foi !... mais il est un enfer
Où s'en iront tous ceux qui rejettent l'Eglise,
Fille de Golgotha, laquelle a pour devise :
« Obéissance à Christ, à tous ses serviteurs
Qui prêchent sur la terre au profit des pécheurs. »
Et vous la rejetez ? Oh ! monsieur, c'est infâme !
Car pour l'éternité vous condamnez votre âme.
Oh ! songez à l'enfer ! c'est un séjour affreux,
C'est un lieu de tourments plein de cris douloureux,
C'est un feu permanent et d'ardeur sans égale !...

LE LIBRE-PENSEUR

Oh ! comme il doit souffrir le malheureux Tantale (1) !

LE CURÉ

Ne raillez pas, monsieur, ce que je dis est vrai :
On en parle, je crois, dans le livre sacré.

LE LIBRE-PENSEUR

Je connais votre enfer et sa fournaise ardente,
Parbleu ! puisque j'ai lu le poëme du Dante :
C'est assez curieux, il doit y faire chaud,
Convenez qu'il vaut mieux le séjour de là-haut.

LE CURÉ

Vous plaisantez toujours, mais enfin, je l'espère,
Vous allez revenir dans les lois du Saint-Père.

LE LIBRE-PENSEUR

Dans les lois du Saint-Père ! Ah ! le plaisant rieur !
Lui qu'on a fait passer pour un faux monnayeur !

---

(1) Tantale, célèbre damné de la mythologie.

LE CURÉ

Comment ! faux monnayeur !

LE LIBRE-PENSEUR

Eh oui, cela vous frappe ?
N'a-t-on pas refusé bien des pièces du pape ?

LE CURÉ

C'est à tort qu'en ceci l'on a fait un cancan.

LE LIBRE-PENSEUR

Que voulez-vous, le diable en veut au Vatican,
Depuis que ce bon pape, afin d'être risible,
S'est fait contre Satan déclarer infaillible
Par un affreux toupet.

LE CURÉ

Mais qu'est-ce à dire ? il est
Infaillible, monsieur, pourquoi non, s'il vous plaît ?
Quoi ! l'apôtre du Christ, son vicaire suprême,
Comme un simple mortel, il pècherait de même ?
Quelle dérision !

LE LIBRE-PENSEUR

Non, il pèche autrement,
Et çà n'a l'air de rien dessous le Sacrement.
Il pèche double et triple et sans vous crier : gare !
On les fait par milliers les péchés sous la tiare.
Par les mille réseaux qui vous tiennent aux mains,
En détournant du vrai la moitié des humains,
En mettant le boisseau pour couvrir la lumière.

LE CURÉ

Oh ! c'est trop insulter le rival de saint Pierre !
Homme sans foi, ni loi, pervers, traître, bandit,
Au nom de sa puissance, ici, soyez maudit !
Que Satan soit en vous, que son mal vous domine,
Vous n'aurez plus de droit en la grâce divine ;

Vous souffrirez un jour, et, comme les païens,
Vous serez rejetó du séjour des chrétiens.

LE LIBRE-PENSEUR

Le voilà cet amour que vous portez aux autres ;
Quiconque ne veut pas suivre vos patenôtres,
Doit être brûlé vif, c'est votre charité,
C'est l'amour de Jésus en vous manifesté.
Mais croyez-vous toujours dominer ce bas monde,
Commander en tout lieu, sur la terre et sur l'onde,
Entretenir la femmme et sonder le mari,
Savoir dans les maisons d'où part le moindre cri ;
Rendre par votre Dieu tous les chrétiens esclaves,
Assombrir l'avenir, partout semer d'entraves ;
Effrayer tous les cœurs par les absurdités
Qu'enfantent vos esprits sur vos divinités ?
Non, non! tout est fini, pour vous plus de puissance,
Enfants de Loyola, votre règne s'avance,
Car le peuple meurtri, fatigué de vos lois,
Contre tous vos abus proteste à haute voix.
L'homme veut être libre, oui, libre en sa demeure,
Sans qu'un prêtre importun l'interroge à toute heure,
Et vienne lui parler toujours d'un monde abstrait,
Où tout n'est qu'un mystère, où tout n'est qu'un secret.
On s'en moque aujourd'hui de ce culte incroyable
Qui menace toujours de l'enfer et du diable.
Car le diable et l'enfer n'est qu'une fiction,
Une histoire de fée, une dérision,
Et si le Créateur faisait brûler le monde,
Il serait un bandit d'une rage profonde.
Mais non, le Créateur n'est rien dans tout ceci,
C'est le prêtre, lui seul, qui l'imagine ainsi,
Afin de dominer, afin de pouvoir vivre,

Afin d'être ce Dieu...

LE CURÉ

Monsieur, vous êtes ivre
D'oser parler ainsi devant votre curé ;
Les prêtres, songez-y, c'est un troupeau sacré ;
Ils émanent du ciel par leurs saints sacrifices ;
C'est Dieu qui les choisit pour faire ses offices.

LE LIBRE-PENSEUR

Les prêtres, que sont-ils ? un tas de fainéants
Qui vivent sur le pain des pauvres ignorants,
Et qui feraient bien mieux de labourer la terre,
Au lieu que d'abêtir les gens par leur mystère.
Mais cela va finir ; vous avez fait vos choux ;
Les chrétiens ne sont plus comme jadis si fous :
Vous aurez beau venir les assiéger en foule,
Ils ne donneront plus ni les œufs, ni la poule ;
Ils sauront la manger, même les vendredis,
Sans vous donner pour çà le plus simple radis ;
Car vous, pour de l'argent vous effacez l'offense,
Mais on est fatigué de vous bourrer la panse.
Même le paysan, l'espoir du capuchon,
Au lieu de vous gorger, soignera son cochon
Plus sûr d'en retirer son petit bénéfice,
Que lorsque son curé lui dit : « Dieu vous bénisse. »
Ah ! ce n'est pas trop tôt que le monde ait changé,
Qu'on ne s'incline plus sous les pas du clergé.
Vos évêques dorés, au ton si vénérable,
Sont si loin d'imiter Jésus dans une étable ;
Ils ont tous des salons, que dis-je, des palais ;
Et vous autres curés, vous avez des valets ;
Vous buvez le bon vin, vous faites bonne chère,
Vous êtes des bourgeois autour de votre chaire :

Les dons de tous côtés vous arrivent si drus
Que vous êtes forcés de devenir ventrus.
Aussi, l'on dit partout : être gras comme un moine,
Ou, rien n'est aussi rond qu'un ventre de chanoine ;
Parbleu ! quand vous mangez tous les meilleurs morceaux
Vous pouvez bien avoir la graisse des pourceaux.
Et vous avez le front de nous parler morale
Quand vous êtes pour nous l'image du scandale ?
Tenez, tous à la fois, mes beaux prédicateurs,
Vous n'êtes plus pour moi que des escamoteurs.

LE CURÉ

Insolent ! c'est pousser trop loin la calomnie ;
Vous êtes un Judas, l'Eglise vous renie ;
Je sors, et pour ne plus mettre les pieds chez vous.
Oh ! le ciel vous foudroie et venge mon courroux ! !

LE LIBRE-PENSEUR

Le ciel n'est pas méchant comme le sont les prêtres ;
Ce sont eux qui jadis ont brûlé nos ancêtres,
Toujours par charité, pour la gloire de Dieu ;
Mais nous avons la fin de cet horrible jeu,
Car dans notre pays éprouvé par la guerre
L'on connaît vos hauts faits, l'on ne vous aime guère,
La lumière a jailli sur tous vos angelus :
De ces hommes tout noirs, non ! non ! il n'en faut plus !

LE DIEU DE LA BIBLE

Si je connais quelqu'un de féroce et d'horrible,
D'insensé, de crétin, c'est le Dieu de la Bible ;
Ce Dieu que nos parents ont mis au premier rang,
Pour moi n'est qu'un tyran qui s'abreuve de sang.

En effet, près de lui Caligula, Tibère,
Néron, Caracalla, ces monstres de la terre,
Ne sont que des agneaux dans leurs forfaits nombreux
Qu'on ne peut comparer à ce Dieu des Hébreux.
Puis un homme après tout, un homme c'est un homme ;
Il a des passions, il peut faillir en somme ;
Mais un Dieu tout puissant, qui fonde l'univers,
Peut-on lui supposer le plus petit travers ?
Voyons donc ce bon Dieu qu'ont adoré nos pères,
Qui fait trembler quiconque a foi dans ses mystères :
Son nom est Jéhovah, c'est lui qui créa tout,
Le ciel, la terre et l'eau de l'un à l'autre bout.
Voyez comme il est bon ; à peine a-t-il fait l'homme
Qu'il le fait trébucher en mangeant une pomme,
Pour pouvoir le punir et l'accabler de maux
En le vouant dès lors aux plus rudes travaux.
Il l'avait donc créé pour qu'il fût misérable,
Puisqu'il le met d'abord dans un site agréable
Afin qu'en l'en chassant comme on chasse un voleur
Adam sentît bien mieux quel était son malheur ?
Quelle injuste rigueur envers sa créature,
D'autant plus que Satan fit toute l'aventure :
La femme était novice et Satan la séduit,
Eve sans le serpent n'eût pas cueilli le fruit.
Dieu tendit donc un piége à notre premier père ?
Mais là ne finit pas le fiel de sa colère ;
Sur tout le genre humain plus tard il le répand,
Car de l'avoir créé bientôt il se repent,
Aussi, pour se venger de son ouvrage, il juge
De le faire périr par un affreux déluge,
Et bientôt les humains, les brutes, les oiseaux,
Le fourbe et l'innocent tout périt sous les eaux.

Un seul homme, entre tous, devant lui trouve grâce,
C'est le père Noé pour conserver sa race,
Qui pour remercier ce bon Dieu destructeur,
Lui brûle des bestiaux dont il flaire l'odeur.
Quel appétit de sang dans ce Dieu cannibale,
Qui crée et qui détruit dans une joie égale;
Qui fait la créature, et la fait de travers,
Pour l'engloutir après dans la vague des mers!
C'est donc là sa bonté, que sans cesse l'on vante,
Sa grandeur, son amour, sa grâce bienfaisante?
On ne peut le louer pourtant à ce sujet
Car ce Dieu dans son œuvre est un mauvais sujet.
Mais il n'a pas fini de châtier encore;
Plus tard il engloutit et Sodome et Gomorrhe,
Et pendant que le feu brûlant descend du ciel,
Une femme en fuyant est transformée en sel,
Et son peuple au désert qu'il mène en aventures,
Ne le frappe-t-il pas des peines les plus dures?
S'il ose murmurer et gémir sur son sort,
Le feu descend du ciel, ou le serpent le mord.
Les vieillards sont frustrés de la Terre Promise;
Et cet arrêt cruel s'étend jusqu'à Moïse;
Attendu qu'il doutait en frappant le rocher,
De ce beau Chanaan il ne doit approcher.
D'ailleurs, lisez ses lois comme elles sont sévères;
Il punit les enfants du crime de leurs pères;
Il est fort et jaloux, et son orgueil divin
Punit même celui qui prend son nom en vain.
Comment aimer ce Dieu si dur et si funeste,
Qui commande la guerre et fait venir la peste;
Qui fait tout massacrer en prenant Jéricho,
Ville qui par sa chute épouvante l'écho;

Qui, pour que Josué sabre mieux les rebelles,
Arrête le soleil aux voûtes éternelles (1);
Qui fait tout ce qu'il peut pour rendre triomphants,
Ses Hébreux, des voleurs, qu'il nomme ses enfants ;
Qui fait dire à Saül, le roi de ses élites,
De tout exterminer chez les Amalécites;
Qui sans cesse rugit, frappe, donne la mort
Afin d'être obéi, comme étant le Dieu fort,
Et qui, malgré cela manque d'obéissance,
Ce qui fait supposer qu'il manque de puissance;
Puisque même les siens, qu'il mène bien plus doux,
L'abandonnent parfois et bravent son courroux ?
Non, ce n'est pas un Dieu qui vers lui nous attire,
Un Dieu juste et clément qui nous garde un sourire;
Qui paternellement nous prodigue son bien,
Qui de tous les humains soit le même soutien :
Il se choisit un peuple, et fait la guerre aux autres,
En rejetant les uns comme de faux apôtres ;
Et ce Dieu qui partout verse l'iniquité,
Comment du genre humain peut-il être goûté !

DANS L'INFINI

Ah! qui donc me dira ce que sont tous ces mondes,
D'où viennent ces clartés immenses et profondes
     Qui brillent dans les cieux?
Qui donc m'expliquera ces légions d'étoiles
Qui de l'obscurité dissipent tous les voiles
     Et fascinent nos yeux?

(1) Erreur des anciens qui croyaient que le soleil tournait autour
de la terre.

Les savants nommeront Jupiter et Mercure,
Pallas, Cérès, Junon, Mars à la blanche armure,
    Puis la belle Vénus;
Uranus et Vesta, Saturne et mille encore
Qu'on nomme sans savoir quel est le feu qui dore
    Ces mondes inconnus.
La nuit quand le regard se perd dans cette voûte
Toute de profondeur, et que notre âme est toute.
    A cette immensité;
Oh! comme la pensée alors est interdite
Devant ce livre ouvert, si grand et qui nous cite
    Toute une éternité!
N'est-ce pas le calcul affreux, épouvantable,
Qui s'avance toujours plus gros, plus formidable
    Que ces globes vermeils?
Toujours, toujours encor, sans rencontrer d'ornières,
Toujours le vide, et puis... des milliers de lumières,
    Des milliers de soleils!
Hélas! que sommes-nous, nous et notre planète,
Nous qui pétris d'orgueil relevons tant la tête
    Dessous notre horizon?
Oui, qu'est notre planète au milieu de l'espace?
Un pauvre petit point qui roule et se déplace
    Ainsi qu'un moucheron.
Et pourtant nous voulons sonder tous ces abîmes,
Connaître le destin de ces astres sublimes,
    De tous ces firmaments;
Nous armons nos regards du pouvoir de l'optique,
Mais tout notre savoir à peine nous explique
    Quels sont leurs mouvements.
Vanité! vanité! de la sottise humaine!
Cet homme, ce ciron qu'on aperçoit à peine

Dans ce monde inouï;
N'a-t-il pas prétendu dans sa folie extrême
Que tout cet univers, que la nature même
      Tout était fait pour lui !
N'a-t-il pas dans les cieux, pendant bien des années,
L'astrologue menteur, cherché les destinées
      Des princes et des grands !
Et ne prétend-il pas, l'homme où l'erreur abonde
Que la Divinité qui domine le monde
      A vécu dans ses rangs !
Oh ! que te font à toi ces prétentions folles,
Être infiniment grand qui te ris des idoles
      Qu'on adore en ton nom ;
Toi qui parmi ces flots d'azur et de lumière
Commande (1) en souverain à toute la matière,
      Sans que rien dise : Non !
Que te font ces vains mots et ces vaines reliques,
Ces songes de l'esprit, et ces vaines pratiques
      Où l'homme se soumet ;
Que te fait que l'écho, de l'un à l'autre pôle,
Répète un nom sacré, d'une sainte parole,
      Jésus ou Mahomet ?
L'idiot, qui toujours te demande et te prie,
Ressemble au voyageur qui s'égare et qui crie
      Dans le fond des déserts ;
Car rien ne peut changer tes saintes harmonies,
Cet ordre régulier de tes lois infinies,
      Qui règlent l'univers.
Et bien qu'il soit debout toujours ce sombre culte,
Qui contre la raison est là comme une insulte,

(1) Licence poétique.

Arrêtant le progrès ;
L'homme de plus en plus de l'erreur se dégage,
Et sait mieux profiter de ton œuvre si sage,
　　Si pleine de secrets.
Cette théologie, aussi froide que louche,
Qui fait toujours sortir la terreur de ta bouche,
　　Du livre des Hébreux.
N'est qu'un triste reflet de ce peuple en démence,
D'un temps de barbarie et d'un temps d'ignorance
　　Des siècles malheureux.
Non ! non ! ce grand espace où les mondes gravitent,
Où les astres en feu roulent, se précipitent,
　　Dans cet ordre parfait,
N'a pas eu pour auteur ce Dieu plein de vengeance
Qui veut qu'à tout moment tremble sous sa puissance
　　Cet homme qu'il a fait.
C'est vous, prêtres pervers, dans un but d'esclavage,
Vous qui l'avez créé ce Dieu de votre image
　　Etrangement bâti !
Car il suffit de voir dans la voûte céleste,
Cette sublimité pour croire qu'elle atteste
　　Que vous avez menti !

HYMNE A COLOMB

Laisse-moi te louer, ô généreux Colomb,
Toi qui fis pour le monde un voyage aussi long ;
Toi, qui bravant les flots de cet immense abîme,
Sus donner au vieux monde une terre sublime ;
Toi qui par ton esprit sur les mers déployé,
Semblais comme un génie aux hommes envoyé.

Ah! qui donc t'inspira ta course vagabonde?
Qui donc te fit braver cette mer si profonde?
Qui donc te fit trouver ce grand, ce vaste lieu
Inconnu des humains, même oublié de Dieu?
En effet, Jésus-Christ est venu sur la terre
Sans nous dire un seul mot de cet autre hémisphère.
Sans doute il l'ignorait, car il eût dit aux siens
D'aller dans ce pays créer des paroissiens.
Bien sûr ces pauvres gens voués au fétichisme,
N'eussent pas mieux aimé d'être au christianisme,
De croire à ce Sauveur, comme des innocents,
Au lieu de l'ignorer pendant quinze cents ans.
Et c'eût été, je crois, le plus fameux miracle,
Si Jésus avait dit « Oh! je suis bien l'oracle,
L'envoyé du Seigneur, comme il est convenu;
Allez donc m'annoncer vers ce monde inconnu. »
Aussi, quand sur cela quelquefois l'esprit songe,
On sent que l'Evangile est un affreux mensonge,
Quand il dit quelque part, dans ses versets poudreux,
Qu'on prêchait l'Evangile à tous les malheureux (1).
Eh, non! pauvres proscrits, de ces plages lointaines,
L'on ne vous prêchait pas dans vos immenses plaines
Cet amour du Sauveur, cet espoir dans le ciel :
Vous étiez les bâtards de ce Père éternel,
Et vous accomplissiez votre culte idolâtre,
Sans songer que le ciel pour vous était marâtre;
Vivant dans vos cités, perdus, ensevelis,
Et répandant le sang dans vos téocalis.
C'était toi, fier Colomb, toi le pilote étrange,
Qui devais nous montrer ce pays de rechange;

(1) Lequel a été prêché à toutes les nations. (Coloss., c. 1, v. 23.)

Ce pays merveilleux, plus beau que Chanaan,
Que n'avait pas promis le Dieu du Vatican ;
C'était toi qui devais, d'une terre aussi belle,
Être le Gabriel de l'heureuse nouvelle ;
Mais un vrai Gabriel, et plus divin encor,
Car ton annonce, à toi, c'était un pays d'or,
Oh! gloire à ton savoir! à ton intelligence,
Hardi navigateur, héros de la science!
Toi qui nous a tirés comme d'une prison
En ouvrant, à nos yeux, un plus vaste horizon!
Ah! qu'on ne dise plus que le monde moderne
Se perd par son savoir, que sa science est terne ;
Qu'il vaut mieux se baser sur le tâtonnement
Qu'ont suivi les anciens dans leur aveuglement!
Non ce n'est pas ainsi qu'on trouverait un monde
Si l'on s'abêtissait dans une nuit profonde ;
Colomb dut calculer longtemps dans son cerveau,
Pour y voir réfléter ce monde tout nouveau.
Comme lui, dans nos cœurs, élevons la science ;
Science! et guerre à mort à la sombre ignorance ;
Guerre aux vieux préjugés, ces monstres de la peur ;
Guerre au culte idiot, guerre au culte trompeur!
Guerre à l'aveugle foi, guerre à l'obscurantisme,
Guerre à tous les suppôts du sombre fanatisme ;
Guerre! guerre toujours! guerre sans plus finir!
Contre ce goupillon qui veut toujours bénir!
Prête-nous, ô Colomb, ta boussole et tes voiles
Pour voguer, comme toi, vers un monde d'étoiles ;
Vers un pays nouveau, dégagé de l'erreur,
Où l'on n'invoque plus un Dieu qui fait horreur ;
Où selon la raison l'on suive la nature,
Sans aucun charlatan, sans aucune imposture ;

Où les hommes instruits se vénèrent entre entre eux,
Où l'on ne trouve plus que des moments heureux !

A UNE CONVERTIE

Dites-moi, chère sœur, pourquoi cet air si sombre ?
Vous êtes chaque jour aussi froide qu'une ombre ;
Et puis vous murmurez toujours : Mon doux Jésus !
Vrai depuis quelque temps l'on ne vous connait plus !
Et pourtant autrefois vous étiez si folâtre !
Vous saviez plaisanter et rire comme quatre.
En hiver vous chantiez l'amour auprès du feu,
Ou bien vous vous plaisiez à faire quelque jeu ;
Mais maintenant, hélas ! vous êtes solitaire ;
Vous penchez votre front tristement vers la terre,
Ou bien, vous soupirez d'un air mystérieux,
En portant vos regards tout mouillés vers les cieux.
A peine pour parler si vous ouvrez la bouche ;
Si l'on rit près de vous cela vous effarouche ;
Et tout cela depuis que de faux entretiens
Vous ont fait embrasser la secte des *Momiens* (1).
Vous trouvez trop mondains les gens qui vont au temple
Et vous avez cessez de suivre cet exemple ;
Aimant mieux les sermons de vos *Momiens* bornés
Qui pensent que le ciel leur pend au bout du nez,
Vous croyez-vous bien mieux avancés que les autres,
Parce que vous prenez des airs de faux apôtres ?
Mais je crois que Jésus a médi sur ceci,
Et qu'on n'est pas sauvé de faire un nez transi (2).

(1) Nom vulgaire d'une secte dissidente des protestants.
(2) Mathieu, ch. 6, v. 16.

D'ailleurs, on ne peut pas être entièrement juste,
Quand bien même on aurait l'âme la plus robuste :
Le plus petit écart, le moindre égarement,
Vous suffit pour que Dieu vous garde un châtiment (3).
Croyez-moi, reprenez votre mine éveillée;
On peut faire le bien sans être désolée;
Vous deviendriez bien folle à prier le bon Dieu,
A toujours feuilleter saint Luc ou saint Mathieu.
Laissez-là les sermons de vos fameux bélîtres
Qui ne sortent jamais le nez de leurs chapitres,
Se prenant pour des saints, vu que, bigotement,
Ils ont perdu l'esprit et le raisonnement.
Autrefois, comme vous, je lisais trop la Bible,
Et mon âme avait peur de son Dieu si terrible :
Mon esprit torturé, de même que Luther,
Ne voyait que tourments et peines de l'enfer.
La nuit c'était Satan qui venait dans mes rêves,
Vociférant sur moi quelques paroles brèves ;
Ou bien l'Apocalypse, en s'ouvrant tout entier,
Me montrait la terreur du jugement dernier.
Mais maintenant je ris de toutes ces bêtises ;
Ma raison a mûri sur toutes ces sottises ;
Car prêter au bon Dieu tant de malignité
N'est-ce pas se moquer de sa divinité?
Non, Dieu n'a pas besoin que sans cesse on le prie ;
Ni de ces faux semblants de la bigoterie :
Il est grand, il est bon, il nous prouve ses soins
En ayant tout créé pour combler nos besoins.

---

(3) Jacques, ch , 2, v. 6 : « Quiconque aura gardé toute la loi,
s'il vient à pécher dans un seul commandement, est coupable comme
s'il les avait tous violés. »

Et l'invoquer toujours c'est troubler l'harmonie,
C'est même l'offenser dans sa grâce infinie ;
Surtout d'oser le-croire arrogant et jaloux,
De lui crier sans cesse : « Ayez pitié de nous! »
Et vous, ma chère sœur, vous si fraîche et si belle,
Vous que le Dieu d'amour doit couvrir de son aile ;
N'est-ce pas un péché de vivre pour prier ?
D'avoir un autre espoir que de vous marier?
Prier! je comprendrais, une vieille cocotte,
Dont le front est ridé, de se faire dévote,
Pour demander encor des gandins à plumer;
Mais vos yeux sont trop bleus pour tant les alarmer.
C'est pour avoir le ciel que vous laissez ce monde ?
Pauvre enfant! c'est montrer l'erreur la plus profonde,
Dieu n'a-t-il pas voulu que nous fussions heureux
Quand il créa l'amour et les plaisirs nombreux?
Et rejeter ses dons, semble qu'on les méprise.
Du reste, sur ceci, s'il faut que je vous dise,
C'est que vos convertis font bien quelques péchés,
Seulement ils ont soin de les tenir cachés;
Et j'en connais plus d'un qui, sous leurs airs jocrisses,
Savent très bien goûter les petites délices,
Avalent un chameau, comme a dit leur patron,
Et coulent devant vous un petit moucheron.
Suivez donc mes conseils; ne soyez plus si folle
De croire ce qu'on dit de la sainte parole.
Laissez votre Jésus, relevez votre front,
Et vos peines de cœur bientôt s'envoleront;
Riez du vieux Satan, de sa figure bleue ;
Je me charge, s'il vient, de lui tirer la queue.
Mais croire en vos *Momiens* dont la bêtise est tout,
J'aimerais mieux vous voir croire en un marabout!

A MON AMI VICTOR C.

Te souviens-tu, Victor ces heureuses journées,
Ces moments d'autrefois de nos jeunes années,
      Que nous passions tous deux ?
Quand nous allions courir au sommet des montagnes,
Plus satisfaits qu'un roi de toutes les Espagnes
      Dans ces chemins poudreux ?
La vie alors pour nous n'était que rêverie,
Chasse dans les buissons, courses dans la prairie,
      Sieste sur le gazon ;
Projets, illusions et folles aventures,
Extase, enivrement de nos chères lectures,
      Ou bien d'une chanson.
Oh ! nous avions tous deux une âme de poète !
Nous aimions la forêt, l'azur sur notre tête,
      Les sentiers tortueux ;
L'écho dans les sapins, le vent dans la bruyère,
Tout ce murmure enfin de la nature entière,
      Des monts impétueux.
Nous parlions du roman de Paul et Virginie,
Et nous aimions aussi comme plein de génie,
      Robinson Crusoé ;
D'Estelle et Némorin nous adorions l'histoire,
Tant de livres charmants, plus gracieux à croire
      Que l'arche de Noé.
Et même les brigands pour nous avaient des charmes :
Nous admirions Mandrin, nous trouvions dans les armes
      Un invincible attrait;
Oh ! nous aimions surtout ce brigand de Bohême,

Dont le fils se nommait Victor, comme toi-même,
         L'enfant de la forêt !
C'était le vrai bonheur : rien ne troublait notre âme,
Pas même les soucis de l'amour d'une femme,
         Qu'on éprouve à vingt ans ;
Tout s'ouvrait devant nous sous l'aspect le plus tendre.
Et comme les oiseaux, sans chercher à comprendre,
         Nous chantions le printemps.
Hélas ! ce temps a fui, comme fuit toute chose,
Comme fuit le bonheur de tout un rêve rose,
         Lorsque vient le matin ;
Comme fuiront toujours, au retour de l'automne,
Le chant du rossignol et la verte couronne
         De l'horizon lointain.
Depuis, j'ai vu Paris et toutes ses merveilles ;
J'ai grandi, j'ai souffert, j'ai compris dans mes veilles
         Combien l'homme est petit ;
Et j'ai trouvé la vie, au début si sublime,
Plus rien qu'un coloris qui nous masque l'abîme
         Où l'homme s'engloutit.
O Dieu ! qui me dira ces secrets de la vie
Si triste, et qui nous vient pour nous être ravie
         Dans un râle étouffant ?
Et pourquoi le bonheur n'est ici que factice,
Si l'homme pour l'avoir et le trouver propice
         Devrait rester enfant !
A qui me confier ? où chercher l'espérance,
Quand je ne vois partout qu'une folle assurance
         Et des hommes menteurs ?
Quand ceux qui sont chargés d'enseigner la morale
Entraînent mon esprit dans un affreux dédale,
         Et sont des imposteurs !

Oh! mon âme se perd dans le cahos immense
De ce monde en travail, qui semble en la puissance
    D'un génie infernal!
Et pourtant tout est bien me dit-on dans ce monde;
Pardonne alors, Seigneur, à mon erreur profonde,
    Moi qui dit : Tout est mal.
Pardonne, cher Victor, pardonne à ma tristesse ;
Je n'ai plus la gaîté de ma folle jeunesse,
    Mon front s'est ombragé,
Au lieu de nos refrains, une voix incessante
Rappelle à mon esprit l'humanité souffrante,
    Et le peuple outragé.
Mon cœur est indigné que celui qui travaille
Doive de sa sueur engraisser la prêtraille,
    Et se meurtrir les mains ;
De voir ces hommes noirs de la bande divine,
Se cramponner partout, ainsi qu'une vermine,
    Pour ronger les humains.
On trompe l'ouvrier, on masque la lumière;
Les suppôts du clergé troublent la France entière
    Pour saisir le pouvoir ;
Ils voudraient revenir au temps de servitude,
Où le peuple ignorant était la multitude
    Soumise à l'encensoir.
Tu sais l'odieu temps que l'histoire raconte;
Où le noble marquis et le fastueux comte
    Etaient des châtelains;
Où tous les travailleurs, loin d'être au rang de l'homme,
N'étaient que des moutons et des bêtes de somme
    Qu'on appelait vilains?
L'Eglise était alors dans toute sa puissance;
Elle forçait les cœurs à son obéissance

Ou sinon les brûlait ;
Et c'est ce que voudraient encore tous ces prêtres ;
Redevenir puissants, et, comme à nos ancêtres,
  Nous mettre le boulet.
Ayons foi, cher Victor, en notre République !
Alors que nous aurons l'enseignement laïque
  Le peuple s'instruira ;
La raison jusqu'ici, perdue au fond des âmes,
Ne pourra plus sombrer, malgré toutes les trames,
  Elle triomphera.
Mais pour nous consoler de nos pénibles heures,
Disons-nous en rêvant au fond de nos demeures :
  Le progrès va venir !
Remontons ce chemin qui va vers notre enfance,
Oh ! vivons, cher ami, dans notre adolescence,
  Vivons du souvenir !

LES APPARENCES

DIALOGUE

L'AMI

Bonjour, mon cher Vincent ! tu me vois étonné,
Tu baptise, dit-on, ton petit nouveau-né ?
L'épicier Jaquillou, la vieille Madeleine,
Seraient, l'un le parrain et l'autre la marraine ?

VINCENT

Oui, c'est la vérité.

L'AMI

  Vrai, tu n'es rien farceur,
Toi qui passes par là pour un libre-penseur !

VINCENT

Eh! que veux-tu, mon cher, je suis dans le commerce,
Il faut dissimuler l'esprit de controverse,
Quand on a des clients qu'on pourrait offusquer;
Tu sais bien, comme on dit, qu'il faut ne rien brusquer;
Moquons-nous des dévots, moquons-nous des croyances,
Mais, pour notre intérêt, sauvons les apparences,
Surtout, que je craignais les bavards du quartier.

L'AMI.

A part cela, tu ris de l'eau du bénitier?

VINCENT.

Mais, pour faire autrement, il faut être un maroufle,
Je m'en moque, parbleu! comme de ma pantoufle;
Tu sais bien, que j'ai lu d'Alembert et Rousseau,
Et qu'un prêtre a, pour moi, le plus vilain museau.

L'AMI.

C'est égal; c'est montrer un bien mauvais exemple.

VINCENT.

Eh! mon cher, sur ce point, permets qu'on te contemple!
Toi, qui, rien que d'hier, a servi de parrain
Au mioche à Merluchet, ton ami le marin;
Ce n'est guère marcher sur les pas de Voltaire.

L'AMI.

Je l'ai fait, malgré moi, craignant de lui déplaire;
En vain, j'eusse voulu crier au préjugé,
Les époux Merluchet gobent trop le clergé;
J'ai donc subi le cas, en dépit de moi-même,
En me moquant, tout bas, du savon du baptême,
Et de ces pauvres gens qui mordent au démon,
Qui prennent pour du vrai, les contes d'un sermon.

VINCENT.

Mon cher, voilà mon cas; toujours les apparences.

L'AMI.

Oui, pour ne pas blesser des vieilles connaissances...
Mais, si j'avais un fils...

VINCENT.

Tu ferais comme moi;
Malgré le bon vouloir, nécessité fait loi.
Quand on est au milieu d'une foule crédule,
Si l'on n'avait pas l'air de gober la pilule,
On serait décrié, l'on ne vendrait plus rien;
Les plus osés, diraient : ce n'est pas même un chien.
D'ailleurs, tu le sais bien, si je vais à la messe;
Voilà plus de dix ans, qu'on m'attend à confesse,
Et si l'on m'y reprend, le diable sera fin;
C'est se moquer des gens, que ce culte à la fin.

L'AMI.

Dis que c'est monstrueux, cette église romaine,
Que même d'en parler, c'est prendre trop de peine :
C'est si faux, c'est si vain, c'est si rempli d'abus,
Que ce culte, aujourd'hui, ne se discute plus.

VINCENT.

En effet, c'est par trop vouloir ravaler l'homme;
C'est le mettre plus bas qu'une bête de somme.
Comme nos descendants vont se moquer de nous!
Parbleu! qu'ils se diront, nos pères étaient fous,
D'avoir cru, si longtemps, de pareilles sornettes;
Il auraient dû le voir, sans prendre des lunettes.
Eux, qui ne croiront rien, que leur saine raison,
Vont juger notre foi comme une trahison.
Car, enfin, le progrès de jour en jour avance,
Bientôt nous n'aurons plus cette sainte ignorance.
Qu'on laisse seulement circuler les journaux,
Et nous verrons un peu comment les cardinaux

S'y prendront pour toujours en imposer aux masses
Et vivre richement à faire des grimaces.

L'AMI.

Messieurs les cardinaux, mon cher, le savent bien ;
Pourquoi font-ils la nuit chez le peuple chrétien ?
Si le peuple y voyait, il verrait la ficelle,
Qui fait marcher leur Dieu, comme polichinelle ;
Alors, leurs traitements et leurs gros revenus,
Tomberaient, comme ont fait tous leurs anges cornus.

VINCENT.

Oui, mais en attendant que le Peuple s'éclaire,
Il ne faut rester à boire de l'eau claire,
Ou nous serions des sots, il faut vivre morbleu !
Au risque d'encenser quelque peu le bon Dieu.
Les hommes sont des fous ; donnons dans leurs sottises,
Si nous vendons, par là, bien mieux nos marchandises ;
Le commerce est ainsi, le prêtre en fait autant,
Chacun fait, ici-bas, un peu le charlatan.

L'AMI.

Ma foi, c'est raisonner, je mords dans ta morale,
Et c'est un sûr moyen d'éviter le scandale ;
Je ne dis plus rien, baptise ton marmot,
Moi, je vais prendre aussi la mine d'un dévot.

C'est ainsi que l'hypocrisie
Affuble l'âme du chrétien ;
La foi n'est qu'une fantaisie
Dont le commerce est le soutien.

SUR LES CROISADES

Dieu le veut! Dieu le veut! chevaliers, partez vite!
Marquez-vous de la croix, suivez Pierre l'Ermite,
    Allez au saint tombeau!
Le ciel est en émoi, le ciel est en alarmes;
Il se sent impuissant, il demande vos armes
    Pour venger son drapeau.
Les fils de Mahomet foulent la Terre sainte,
Oblitèrent la croix, outragent cette enceinte
    D'où Dieu nous racheta;
Tout le pays sacré gémit sous les profanes
Et frissonne d'horreur que le pied des sultanes
    Foule le Golgotha!

Les pieux pèlerins, qui vont d'un cœur fidèle,
Pour prier, vers ces lieux où leur foi les appelle,
    Avec tant de ferveur,
N'ont plus que le mépris et la haine en partage,
Et sont ainsi frustrés du divin témoignage,
    De la mort du Sauveur.
Quittez tout, vendez tout, c'est la guerre sacrée,
C'est la foi se levant douloureuse et navrée,
    Pleine d'un saint transport;
Abandonnez vos fils, abandonnez vos femmes;
Aux douceurs du foyer, soulevez dans vos âmes
    Le carnage et la mort!

Et, qu'importe, après tout, que vos familles pleurent,
Que vos champs soient déserts, que tous vos enfants meurent
    De faim ou de douleur,

Quand le ciel vient à vous pour faire une conquête,
Pour reprendre un pays, il faut courber la tête
    A la voix du Seigneur!

Hélas! pour leur malheur, les seigneurs obéirent,
Et bien des travailleurs, follement les suivirent,
Désertant leurs foyers, leurs plaines, leurs sillons,
Pour aller, sous la croix, former des bataillons.
Ils s'en vont, ces croyants, courir à l'aventure,
Envahir cette Asie où l'Euphrate murmure,
Emmenant, avec eux, des femmes, des vieillards,
Et deviennent bientôt des bandes de pillards.
Mais tout meurt par la faim et le fer du profane,
Dieu ne fait même pas pour eux tomber la manne :
Il les laisse périr, en se moquant, je crois,
De tous ces malheureux qui tombent pour sa croix.

O Bouillon! ô Tancrède! ô comte de Toulouse!
Vous eussiez bien mieux fait de garder votre épouse ;
D'attendre dans vos murs quelqu'ennemi voisin,
Que d'aller guerroyer avec le Sarrasin.

Vous eussiez épargné bien de morts inutiles,
Bien des combats sanglants qui dépeuplent les villes ;
Tous ces hommes tombés si misérablement,
Auraient fait prospérer votre gouvernement.

AUX MORTS

Dormez, dormez en paix, malheureuses victimes
Dans ces champs de l'Asie, où par un sort fatal,
Votre foi, sous vos pas, entr'ouvrit des abîmes
Et vous fit succomber loin du pays natal.

Vous étiez des heureux au sein de vos familles :
Vous aimiez vos enfants, vous aimiez votre sol ;

Et vous trouviez charmant, d'aller dans les charmilles,
Rêver en écoutant la voix du rossignol.

Oh! vous aviez en vous, tout ce qui nous énivre :
La jeunesse, l'amour, ce feu qui nous émeut !
Et voilà, tout-à-coup, que vous cessez de vivre,
Parce qu'un prêtre a dit : «Dieu le veut! Dieu le veut!»

Dieu le veut! mais ce Dieu n'a pas béni vos armes :
Bien que vous lui fussiez aveuglément soumis,
Il a ri de vos pleurs, il a ri de vos larmes,
En vous laissant hâcher par tous vos ennemis.

C'est que la voix de Dieu n'est pas la voix du prêtre,
Dieu ne commande pas que l'on s'arme pour lui;
Il est assez puissant pour se venger peut-être,
Sans que le faible humain lui prête son appui.

Oh! le peuple, saura votre fatale histoire!
Il saura, que l'erreur a moissonné vos jours,
Et qu'il est dangereux d'ignorer et de croire,
Que le prêtre, pour nous, fut un fléau toujours!

LE MISSIONNAIRE

La scène se passe dans une campagne, celle que vous voudrez,
pourvu que l'air y soit pur, le ciel bleu, qu'un léger frémissement
se produise dans le feuillage, et qu'enfin nos deux personnages
dans une heureuse solitude, soient à l'abri de tout regard
indiscret.

Oh! oui, ma sœur, Jésus était sublime!
Aimer, aimer, telle fut sa maxime :
Devant les siens, et dans tous ses discours,
Aimez-vous bien, s'écriait-il, toujours!

L'amour, ma sœur, que chacun s'en souvienne,
C'est le flambeau de la vertu chrétienne,
Car, par le mal, nous serions tous perdus ;
Mais, par l'amour, nous serons tous élus.
C'est en aimant que l'humble créature
Lave son cœur et rend son âme pure,
Bien qu'en nos cœurs tous les péchés soient nés,
D'aimer beaucoup, nous serons pardonnés.
Oui, chaste sœur, cette vérité sainte
Comme elle est douce, et combien son empreinte
Doit nous porter sans cesse à nous chérir !....
Embrassez-moi ; je viens vous convertir.
Mais ce gazon, voyez qu'il est superbe,
Comme Jésus orne chaque brin d'herbe ;
Voyez la fleur, dans son teint virginal,
Comme elle est bien !... mais vous n'êtes pas mal !...
N'aimez-vous pas l'éclat de la campagne ?
Notre Sauveur aimait tant la montagne.
Il y prêchait, et ses chères brebis,
Par le miracle, y trouvaient du pain bis.
Oh ! si j'avais, comme ce divin Maître,
Ce pain sacré pour pouvoir vous repaître,
Votre beau corps vivrait sans le péché,
Comme un agneau sur un autel caché !
Il est bien beau ce corps que Dieu sut faire ;
Surtout ce sein !.... Aimons bien ce bon Père,
Qui sut doter ainsi le faible humain ;
Mais, chère sœur, donnez-moi votre main,
Et dans un coin, allons pour rendre grâce,
A ce bon Dieu qui nous mit dans l'espace.
Sous ces rameaux, que le vent fait plier,
Enfonçons-nous, c'est un lieu pour prier ;

Car ce mystère et cette brise folle,
Font mieux sentir les fruits de la parole.
Et puis à deux, avec plus de ferveur,
Notre voix monte et va vers le Sauveur.
A deux, ma sœur, la prière a des charmes,
Le Saint-Esprit vous touche jusqu'aux larmes.
Oh! c'est alors, que l'on aime Jésus,
Et que l'on sent l'effet de ses vertus!
Mais, dites-moi, d'où vient que ma voix tremble,
Et c'est depuis que nous sommes ensemble:
Est-ce le ciel qui me remplit d'esprit,
Ou bien Satan qui, par vous, me sourit?
Allons, prions! car ma raison s'égare:
Votre personne est un morceau si rare.
Mais n'allez pas vous tenir à genoux,
Vous serez mieux, chère sœur, couchez-vous;
Car plus le corps est penché vers la terre,
Plus la prière au ciel est salutaire;
Jésus l'a dit... et s'il le veut ainsi,
Oserions-nous le braver en ceci?
Vous tressaillez!... et, moi, je sens mon âme
Se dégager d'une éternelle flamme;
Oh! livrons-nous à ces sacrés transports,
Pour mieux unir nos âmes et nos corps!
. . . .
Ce fut fini, le bon missionnaire
Ne parla plus, gagné par le mystère,
Ce fut la sœur qui, bien pieusement,
Sentant l'esprit venir subitement,
Reprit tout haut, en labourant la mousse:
Seigneur! Seigneur! que votre grâce est douce!

QUELQUES RIMES

—Dites-moi, quel est le contraste,
Le plus énorme, le plus vaste,
Qui nous tient sous sa pesanteur ?

R. C'est le prêtre et l'instituteur :
L'un, est pour donner la lumière
Et l'autre, lui vient par derrière
Et l'enlève en escamoteur.

Au régime républicain,
Il faut la lumière et l'histoire ;
Mais, pour celui du droit divin,
L'ignorance est obligatoire.

L'Italie aurait bien son prix,
Et vaudrait la France pour l'homme ;
Dites-moi, donc, d'où vient qu'en somme,
De la France on soit plus épris ?

R. C'est que la nuit nous vient de Rome
Et le jour, nous vient de Paris.

Privez-vous, soyez malheureux,
Le ciel le prend pour des louanges ;
Jeûnez, ayez le ventre creux,
Vous ferez sourire les anges ;
Et la preuve que Dieu toujours
A béni cette pénitence,
C'est que les prêtres, de nos jours,
En ont tous une bonne panse.

On punit le marchand de vin
Qui fait usage de fuschine,
Le boulanger, qui fait du pain,
En falsifiant sa farine ;
Mais d'empoisonner la raison,
D'accabler le bon sens d'insultes ;
Eh ! bien , voyons, que vous fait-on ?
R. On vous sert le budget des cultes !

—Mon ami, croyez-vous en Dieu ?
R.Vous voulez dire, en votre église ?
A l'histoire de saint Mathieu,
A la Genèse de Moïse ?
Monsieur, je crois en ma raison,
Bien plus simple et bien plus pratique ;
Car, pour être un bon catholique,
Il faut aller à Charenton !

LE BON DIEU

CHANSON (1)

Le bon Dieu, si j'en crois l'histoire,
Avait baillé plus de mille ans,
A se démonter la mâchoire,
A s'arracher les cheveux blancs ;
Quand tout à coup il se ravise,
Vivre ainsi, c'est une sottise ;
Vite un monde il imagina,
Est-il malin, ce bon Dieu-là !

} *bis.*

(1) La musique est aussi de l'auteur, elle se vend séparément.

D'un mot il fait toute la terre
Et le ciel bleu pour nos regards,
L'eau, le soleil qui nous éclaire,
Les chiens, les chats et les cafards.
Et puis, prenant un peu de terre,
Il vous pétrit le premier père,
Tout aussi bien que nous voilà ;
Est-il malin, ce bon Dieu-là !
} bis.

Le lion avait sa lionne,
Chaque mâle était allié ;
Pourtant Adam, qu'on s'en étonne,
Ne trouvait pas une moitié.
Aussi, pendant qu'il fait un rêve,
Le bon Dieu lui fabrique une Ève,
D'une côte qu'il lui vola ;
Est-il malin, ce bon Dieu-là !
} bis.

Ève, heureuse près de son homme,
Goûtait des plaisirs inconnus ;
Par malheur, voilà que la pomme,
Démontre aux époux qu'ils sont nus :
Mais, sans tailleur et sans modiste,
Pour se vêtir, c'est un peut triste ;
Grâce au figuier, Dieu les nippa ;
Est-il malin, ce bon Dieu-là !
} bis.

Bientôt la terre s'est remplie,
Mais les femmes sont sans pudeur ;
L'homme s'en donne à la folie,
Cela déplaît au Créateur :

« Ah! grogne-t-il, race rétive,
« Je vais te faire une lessive,
« Nous verrons, qui la dansera. »
Est-il malin, ce bon Dieu-là !

} *bis.*

Tout doit périr par le déluge,
Quand le bon Dieu, le verre en main,
Buvant un coup, tout-à-coup, juge,
Qu'il n'aura plus de chambertin !
Alors, découvrant un ivrogne,
Il l'embarque pour la Bourgogne,
Où sans naufrage il arriva ;
Est-il malin, ce bon Dieu-là !

} *bis.*

Grâce à Noé, grâce à l'ivresse,
Bien des pécheurs sont revenus,
Mais, l'Éternel a fait promesse,
Qu'il ne les immergerait plus ;
Mais, pour qu'on respecte sa gloire,
Il a créé le purgatoire,
Et l'enfer qui nous grillera ;
Est-il malin, ce bon Dieu-là !

} *bis.*

Mais, aussi pour les saintes âmes,
Le bon Dieu garde un paradis,
Où, sans les caresses des femmes,
On est heureux, je vous le dis :
C'est Pierre qui garde la porte,
Et, si le diable, ne l'emporte,
Aucun chrétien n'y rentrera ;
Est-il malin, ce bon Dieu-là !

} *bis.*

UNE CONFESSION

La scène se passe où l'on sait, ajoutons seulement que la pénitente
est jeune et appétissante et que le confesseur ne paraît pas y cracher dessus.

LE CONFESSEUR *poursuivant*

Vraiment, ma chère enfant! à cet âge si tendre
L'amour, à tous vos sens, s'est déjà fait entendre ?
Vous avez éprouvé toute sa volupté !
Et vous avez perdu votre virginité ?

LA PÉNITENTE

Mon père, je l'avoue...

LE CONFESSEUR

Alors, dites-moi, comme
Tout cela s'est passé..., le nom de ce jeune homme.

LA PÉNITENTE

Mon père !...

LE CONFESSEUR

Hésitez-vous à m'en faire l'aveu ?
Il le faut, mon enfant, vous êtes devant Dieu !

LA PÉNITENTE

Il se nomme Gustave : il est du voisinage,
Il est de quelques ans au-dessus de mon âge ;
Il a les yeux bien noirs, il est grand et bien fait.

LE CONFESSEUR

Oui, je le vois d'ici, c'est un Arthur parfait...
Mais, comment a-t-il fait, pour vous tourner la tête ?

LA PÉNITENTE

J'ai fait sa connaissance un soir dans une fête ;
Il venait, près de moi, tendrement s'empresser,
Il avait si bon air..., puis, il m'a fait danser...

LE CONFESSEUR

Il vous a fait danser?

LA PÉNITENTE

Une valse énivrante!
Oh! que j'étais heureuse, et que j'étais contente!

LE CONFESSEUR

Comment! de vous livrer à ce jeu du démon! —

LA PÉNITENTE

Mon père, j'étais loin de penser au sermon.

LE CONFESSEUR

Après...

LA PÉNITENTE

De ce jour-là, date notre amourette:
Nous nous trouvions partout pour faire la causette:
Puis, enfin... dans ma chambre... il a su se glisser...

LE CONFESSEUR

Et vous n'avez rien fait, bien sûr, pour le chasser?

LA PÉNITENTE

Oh! je ne pouvais pas lui dire qu'il s'en aille,
Il me parlait si bien, en me serrant la taille;
Son regard me jettait dans un si grand émoi,
Qu'il pouvait faire, ainsi, ce qu'il voulait de moi.

LE CONFESSEUR

Vraiment! vous vous sentiez de pareilles faiblesses!
Et venait-il, souvent, vous faire ses caresses?

LA PÉNITENTE

Quelquefois, dans le jour; le soir, quand il pouvait,
A l'heure où j'étais seule, ainsi qu'il le savait.

LE CONFESSEUR

Et que vous disait-il, de tendre et de suprême,
Dans ces moments d'amour?

LA PÉNITENTE

Il me disait : Je t'aime!
Je suis fou de bonheur, sitôt que je te vois.
Je le sentais trembler au timbre de sa voix.

LE CONFESSEUR

Et vous, que faisiez-vous?

LA PÉNITENTE

J'écoutais attentive,
Répondant de mon mieux à sa note plaintive;
Vous savez, comme on fait, quand l'amour fait causer?

LE CONFESSEUR

Oui, je sais : chaque mot, est suivi d'un baiser;
Mais, que vous baisait-il?

LA PÉNITENTE

Les mains, les yeux, la bouche...

LE CONFESSEUR

Oh! j'entends : chaque objet qui nous tente et nous touche;
Quand il vous embrassait, ce Gustave, si cher,
Sentiez-vous fortement les désirs de la chair?

LA PÉNITENTE

Mon père, je ne sais ce que j'avais dans l'âme,
Mais je sentais, en moi, la plus ardente flamme;
Je sentais tout mon cœur, si tendrement, s'ouvrir,
Qu'il me semblait, parfois, que j'en allais mourir!

LE CONFESSEUR

Mon enfant! mon enfant! c'est un péché bien grave,
D'avoir, si follement, aimé votre Gustave;
Je ne sais si le ciel voudra vous pardonner,
Mais ce péché tout seul pourrait bien vous damner.

LA PÉNITENTE

Mais, puisqu'à tout péché, Dieu fait miséricorde.

LE CONFESSEUR

Oui, dans un certain cas, le Seigneur nous l'accorde,
Si, par le repentir, notre cœur est touché ;
L'avez-vous, le remords, d'avoir fait ce péché ?

LA PÉNITENTE

Je voudrais bien l'avoir..., mais c'est tout le contraire...
Mon cœur, de ce péché, ne peut plus se distraire :
Ce n'est, que vers lui seul, qu'il aspire en secret,
Et, de s'en détacher, serait tout son regret.

LE CONFESSEUR

Je le vois ; vous avez, dans toute sa puissance,
Cet aiguillon de feu de la concupiscence,
Et vous laisseriez tout, pour mordre à ce plaisir ?

LA PÉNITENTE

Mon père, c'est bien vrai, c'est mon plus grand désir ;
Le désir de l'amour remplit toute mon âme.
Ah ! pour qui, dans nos cœurs, Dieu met-il tant de flamme,
Pourquoi, nous damne-t-il, pour un péché si doux !

LE CONFESSEUR

Dieu ne vous damne pas, si l'homme est votre époux.
Mais, tout peut s'arranger, avec une prière,
Il s'agit, seulement, d'en savoir la manière ;
Je vous la montrerai, car, je veux vous sauver.
Vous m'intéressez trop... ; vous viendrez me trouver,
Dès ce soir, n'est-ce pas ? là, dans la sacristie,
Je vous préparerai pour recevoir l'hostie.
Dieu vous pardonnera, j'espère, chère enfant,
D'avoir fait tant de fois ce péché qu'il défend,

SAINT-ÉTILNNE. — IMPRIMERIE MÉNARD ET DING